这本《自然故事》属于：

_____

_____

_____

作者、插画家和出版商都很感谢科学硕士希瑟·安杰尔，她的建议和指导对本书创作有很大帮助。

献给我的妈妈
——尼克·道森

纪念我挚爱的父亲
——郁蓉

图书在版编目（CIP）数据

寻找家园的熊猫 /（英）尼克·道森文；（英）郁蓉图；王春，刘泰宁译. -- 杭州：浙江教育出版社，2020.9（2022.11重印）
（自然故事. 第2辑）
ISBN 978-7-5722-0478-4

Ⅰ. ①寻… Ⅱ. ①尼… ②郁… ③王… ④刘… Ⅲ. ①儿童故事－图画故事－英国－现代 Ⅳ. ①I561.85

中国版本图书馆CIP数据核字(2020)第120736号

引进版图书合同登记号 浙江省版权局图字：11-2020-241

Text © 2007 Nick Dowson
Illustrations © 2007 Yu Rong
Published by arrangement with Walker Books Limited, London SE11 5HJ
All rights reserved. No part of this book may be reproduced, transmitted, broadcast or stored in an information retrieval system in any form or by any means, graphic, electronic or mechanical, including photocopying, taping and recording, without prior written permission from the publisher.
Simplified Chinese translation edition is published by Ginkgo (Beijing) Book Co., Ltd.

本书中文简体版权归属于银杏树下（北京）图书有限责任公司

寻找家园的熊猫

[英]尼克·道森 文　[英]郁蓉 图

王春　刘泰宁 译

浙江教育出版社·杭州

在云雾缭绕的高山上，
一个铺满枝叶的巢穴里，
熊猫妈妈用巨大的手掌，
轻轻地抱起刚出生的幼崽。
幼崽像松果一样小，
皮肤像落日一样粉嘟嘟的，
一小团扭动着。
他陷在母亲厚厚的皮毛里，
吱吱地尖叫着，
直到母亲用温暖的乳汁
填满了他的小嘴。

熊猫幼崽出生时，
看不见东西，
全身几乎没有毛。
它们比熊猫妈妈
小900倍。

熊猫妈妈和她的幼崽
会在树洞巢穴里待上几天。
由于熊猫妈妈对食物的
渴望越来越强烈,
八月一个晴朗的早晨,
她离开幼崽,
沿着自己往日的足迹,
走到了之前常去的那片竹林。

竹子有很多种类,
但熊猫只吃
其中几种竹子。

熊猫的后牙很大,有助于它们把坚硬的竹茎咬碎。

熊猫妈妈躺在柔软的蕨类植物上，
滚来滚去，她抓起一把竹子。

她那又黑又大的鼻子
慢慢地皱起来嗅着：
这些叶子闻起来很香，她好饿啊！

熊猫妈妈剥光了10根竹茎，
然后才回去。
她抱着幼崽，
喂他乳汁。

7个星期了，熊猫幼崽的眼睛一直闭着。
他吃吃，睡睡，哭哭，笑笑。

当他渐渐长大，
耳朵和眼睛周围、腿部，
以及毛茸茸的
墨色的后背上部，
颜色都变深变黑了，
就像他妈妈的一样。

秋季里的一天，
他爬上熊猫妈妈的胸部，攀住她的脖子。
又冷又湿的东西让他的鼻子发痒，
于是他第一次睁开了眼睛——竟然在一个下雪的世界里。

熊猫幼崽需要4年的时间,才能长得和妈妈一样大。

熊猫幼崽在冬天长得特别快。
他仍然在妈妈的身上攀爬、玩耍。
但现在他开始沿着山路迈出了第一步。

而熊猫妈妈已经好几个星期没怎么吃东西了。
她的竹林快死了。
现在她的幼崽6个月大，已经足够强壮可以去旅行了。
熊猫妈妈知道他们必须找到一个新家。

在冬天，
熊猫的黑白皮毛
是很好的保护色。

从她原先的领地向下,
山路很陡峭。
由于太饿,熊猫妈妈很虚弱,
走路跌跌撞撞,
把幼崽撞到了厚厚的雪堆里。
熊猫妈妈走到幼崽面前,
意外地闻到了一股肉的味道,
肉就埋在下面。
她刮掉覆盖着的雪,找寻着肉,
天空中雪仍在飘落。
尽管这鹿肉放很久了,
但富含营养。

熊猫主要吃竹子,
但有时也吃其他东西,
例如昆虫、鱼和肉。

吃完后,熊猫妈妈给
困倦的幼崽哺乳。
然后,她感到有点渴,
在旁边的小溪里喝了点水。

一道阴影掠过树林,
它一点点靠近了,
长长的舌头耷拉着。

熊猫妈妈抬起
湿淋淋的大脑袋。
她的长爪子像刀子一样,
在空中挥砍起来。
野狗低声吼叫着,
溜走了。

当熊猫妈妈
需要保护幼崽时,
它们会表现得
非常凶猛。

森林里很危险,
而熊猫妈妈需要
在一个安全的地方睡觉:
那就是树上。

她用双臂抱住冷杉冰冷的树干,
用强有力的爪子和
毛茸茸的脚抓住树皮。
当熊猫妈妈向上攀爬时,
幼崽就抱紧她的肩膀。
然后他离开了妈妈,
爬向属于自己的高高的栖息处。

和其他熊科动物一样,
熊猫是出色的攀爬者。

当熊猫妈妈醒来时,她就给幼崽哺乳,
也要给自己觅食。他们继续前行。

不久,一座新的山峰逐渐进入眼帘,
山坡上有竹子。
熊猫妈妈走进一条小溪的暗池里,
冰冷的溪水拍打着她疲惫的双脚。

> 熊猫需要会游泳,
> 才能从大山的一个地方
> 迁移到另一个地方。

熊猫妈妈够高,一路上她掌面着地蹚过小溪。
但中间有一段路,幼崽必须游泳才能通过。
他使劲地用脚踢水,
他的爪子变成了桨叶把水推到身后。

熊猫除了有5根"手指",
还有特殊的
"第六根指头",
这根指头更像是大拇指,
能帮助熊猫抓住竹子。

这个新领地里有很多食物。
现在熊猫妈妈不会挨饿了。
她的幼崽也开始吃竹子了。
他模仿着妈妈的样子,
手握着一根竹茎,
卷起黏糊糊的舌头吃着叶子。

春天带来温暖的雨水，
多汁的竹笋破土而出。
有一天，熊猫妈妈和幼崽正在吃东西。
他们听到附近有斧头撞击的砰砰声，
树枝倒下的哗啦声，
他们停止了咀嚼。
那是村民在砍柴。
如果村民爬上山，
她和她的幼崽就无法继续待在这里了。

于是熊猫妈妈慢慢地爬上一条羊肠小道，
她的幼崽紧随其后……

> 熊猫妈妈不会与其他熊猫或人类共享领地。

云雾缭绕,遮住了他们的踪迹。
熊猫妈妈和幼崽再次踏上了寻找新家的征途。

索引

哺乳 … 19、22
巢穴 … 7—9
攀爬 … 14、21
皮毛 … 7、15
肉 … 16
睡觉 … 20
牙 … 10
眼睛 … 12
游泳 … 22—23
掌 … 7、23
竹子 … 8、11、16、22、25
爪子 … 18—19、21

通过索引表，
你可以查找、发现熊猫的相关知识。
文中有两种字体，
这种和这种，
都要记得阅读哦！

文 尼克·道森

教师、博物学家、作家。他喜欢野外和生活在野外的动物。他说:"熊猫看起来柔软、可爱,但生存艰难。我希望它们能住在山里,这样世界上才有野生熊猫。"已出版《虎妞妈妈》《去北极:迁徙路上的动物》等作品。

图 郁蓉

英籍华人,英国皇家艺术学院硕士。创作的图画书已在英国、美国、意大利、荷兰、日本、韩国等地出版。此书曾获美国图书馆协会最佳童书奖。她说:"在本书中,我运用了国画技法,唯有如此,才能最恰当地表现熊猫的美,也才能表达我对熊猫的深厚感情。"近年来,她开始与国内的出版社合作,作品多次获奖。

关于熊猫

大熊猫生活在中国西南部的一些高山森林里。因为雌性大熊猫一次只生一只幼崽,所以熊猫的数量增长缓慢。偷猎者仍在猎杀大熊猫,伐木者也在威胁着它们的栖息地,这些事情都防不胜防。所以,人们已经建立大熊猫特别保护区来保护它们,在那里大熊猫生活得很好。但即便如此,大熊猫未来的生存仍是岌岌可危的事情:现在只剩下约2500头野生大熊猫。

写给家长

与孩子们分享书籍是帮助他们学习的最好方法之一,也是他们学习阅读的最佳方式之一。《自然故事》是一套自然知识绘本,插图精美,屡获奖项。这套书重点描绘动物,对孩子们有非常强烈的吸引力。孩子们可以反复地阅读和体会这套绘本,或许可激发对一个主题的兴趣,进而深入思考和探索,发现更多知识。

每本书都是对现实世界的一次历险,既丰富了孩子们的阅历,又培养了他们的好奇心和理解能力——这是最好的学习方式。

《自然故事》(共三辑,二十四册)